*** 일러두기**

《월든》(더스토리)의 글을 클로드 모네의 명화들과 함께 엮은 책입니다.

해당 글이 수록된 쪽수를 표기하였고, 내용에 축약이 있는 경우에는 '발췌'로 구별하였습니다.

모네의 숲에서 월든을 읽고 필사하다

*I had three chairs in my house; one for solitude,
two for friendship, and three for society.*

— Henry D. Thoreau.

모네의 숲에서

월든을 읽고 필사하다

더모던
Themodern L

내 집에는 의자가 셋 있었다.

하나는 고독을,

둘은 우정을,

셋은 사교를 위한 것이다.

My garden is my most beautiful masterpiece.

Claude Monet

나의 정원은

내가 만든

가장 아름다운 예술작품이다.

Clématites

1887

Contents

part *01*

모든 소리와 풍경 속에
달콤하고 너그러운 우정이 존재하고 있었다

part *02*

왜 더 많은 것을 얻으려고만 애쓸 뿐
적은 것에 만족하는 법은 배우지 않을까

part *01*

part *01*

모든 소리와 풍경 속에
달콤하고 너그러운 우정이 존재하고 있었다

삶이란 너무나 소중한 것이기에,
삶이 아니라면 살고 싶지 않았다

내가 숲으로 들어간 건 의도한 대로 신중하게, 삶의 정수만을 직면하며 살아보고 싶어서였다. 그랬을 때 삶에서 배워야 할 것을 다 배울 수 있을지 알고 싶었고, 죽음이 닥쳤을 때 내가 헛되이 살지 않았음을 깨닫고 싶었다. 삶이란 너무나 소중한 것이기에, 삶이 아니라면 살고 싶지 않았다. 반드시 필요하지 않다면, 체념한 채 살아가고 싶지도 않았다. 깊이 있게 삶의 정수를 빨아들이고 싶었다. 삶이 아닌 것은 모두 파괴해 버리고 강인하게 스파르타인처럼 살아가길 바랐다. 낫을 크게 휘둘러서 풀을 바싹 베어내듯 삶을 구석으로 몰아가 가장 기본 조건까지 끌어내린 다음, 삶이 천박한 것으로 판명된다면 그 천박함을 전부 속속들이 알아내어 세상에 알리고 싶었다. 그와 반대로 삶이 숭고한 것이라면 직접 경험해서 그 참모습을 전할 수 있기를 바랐다.

우리는 여전히 개미처럼 하찮은 삶을 살아간다. 실수로 실수를 덮고, 누더기로 누더기를 가리다 보니, 우리가 가진 최고의 미덕은 쓸데없이 불쌍해 보이는 것이다.

Les Nymphéas

1914-1917

자연과 인간의 삶은 우리의 기질만큼이나 가지각색이다. 한 삶이 다른 삶에 어떻게 영향을 미칠지 누가 예측할 수 있겠는가. 인간이 서로의 눈을 잠시 들여다보는 것보다 더 큰 기적이 있을까? 인간은 아주 잠시라도 세상 모든 시대를, 아니, 모든 시대의 온갖 삶을 살아봐야 한다. 역사와 시와 신화! 타인의 경험을 이보다 더 놀랍고 유익하게 적은 글이 세상에 또 있겠는가.

(19쪽)

The Cliff Walk at Pourville
1882

모든 시간과 장소와 사건은
'지금 여기'에 있다

우리는 진리가 멀리 있다고 생각한다. 우주의 저쪽 변두리, 가장 멀리 떨어진 별 뒤쪽, 아담 시대의 이전 혹은 마지막 인간의 다음 시간에 있으리라 추측한다. 물론 영원 속에는 진실하고 숭고한 무언가가 있다. 그러나 이 모든 시간과 장소와 사건은 '지금 여기'에 있다. 신도 현재의 순간 속에서 지고하며, 모든 시대를 통틀어 지금이 가장 신성하다. 우리 역시 주변을 에워싼 진리를 끊임없이 들이마시고 그 안에 흠뻑 젖어 들어갈 때만 그 숭고하고 고귀한 모든 것을 이해할 수 있게 된다. 우주는 우리가 품은 생각에 한결같이 고분고분 대답해 준다. 우리가 빠르게 가든 느리게 가든 길은 늘 우리 앞에 놓여 있다. 그러니 앞으로는 삶을 구상하는 데 시간을 쓰자. 시인과 예술가는 아름답고 고상한 구상을 품으며 앞으로 나아갔으니, 적어도 후세의 누군가가 그것을 완성시켰다.

(143~144쪽)

Branch of Lemons

1883

인간이 자신의 몸과 천체 사이에 장애물을 두지 않고 더 많은 낮과 밤을 보내면 얼마나 좋을까. 시인이 지붕 아래서만 시를 읊조리지 않고, 성자가 집 안에만 머물지 않는다면 또 얼마나 좋을까. 새들은 굴속에서 노래하지 않고 비둘기도 새장 속에서는 순수함을 유지할 수 없다.

만일 누구라도 사신이 살아갈 집을 지으려 계획 중이라면, 맨 먼저 '어떻게 하면 가장 소박한 집을 지을까'를 고려하라.

(45쪽 발췌)

Jean-Pierre Hoschedé and
Michel Monet on the Bank of the Epte
1887-1890

나는 자연에 바치는 헌사로
그 열매를 맛보곤 했다

내 집은 커다란 숲이 막 끝나는 지점인 언덕 기슭에 자리 잡고 있었고, 송진을 채취할 수 있는 소나무와 호두나무로 구성된 어린 숲으로 둘러싸여 있었다. 집에서 호수까지는 언덕을 내려가는 좁은 오솔길로 30미터쯤 되었다. 집 앞 뜰에는 딸기, 검은딸기, 쑥, 물레나물, 미역취, 떡갈나무 관목, 모래벚나무, 월귤나무, 땅콩 등이 자랐다. 5월 말이 가까워 오면, 모래벚나무의 짧은 줄기 주위에 우산 모양의 섬세한 꽃들이 원통형으로 흐드러지게 피어 오솔길 양쪽을 장식했다. 그러다가 가을이 되면 그 줄기에 굵직하고 탐스러운 버찌가 주렁주렁 달려 나뭇가지가 그 무게를 이기지 못해 사방으로 화환처럼 둥글게 휘었다. 사실 맛은 그다지 좋지 않았지만, 나는 자연에 바치는 헌사로 그 열매를 맛보곤 했다.

(168쪽)

그런 계절에 나는 밤새 쑥쑥 자라는
옥수수처럼 영글어 갔다

숲에서 보낸 첫 여름에 나는 책을 읽지 못했다. 콩밭에 김을 매야 했기 때문이다. 아니, 그보다 나은 일을 할 때도 많았다. 손으로 하든 머리로 하든, 그 어떤 일로도 활짝 피어난 '현재'라는 시간을 희생하고 싶지 않은 순간들이 있었다. 나는 삶에 넓은 여백을 두고 싶다. 따라서 가끔은 여름 아침의 일상이 된 목욕을 하고, 햇살이 잘 드는 문간에 앉아 해 뜰 녘부터 정오까지 몽상에 빠져들었다. 소나무와 호두나무와 옻나무 사이에서 방해하는 이 없는 고독과 정적 속에 앉아 있었다. 새들은 집 주변에서 노래하거나 집 안팎을 소리 없이 날아다녔다. 해가 서쪽 창가로 기울고 멀리 큰길을 지나는 여행자의 마차 소리가 들려오면, 그제야 나는 시간이 한참 흘렀음을 깨달았다.

그런 계절에 나는 밤새 쑥쑥 자라는 옥수수처럼 영글어 갔다. 그런 시간은 몸으로 하는 어떤 노동보다도 소중했다. 나는 시간이 어떻게 흘러가는지 신경 쓰지 않았다. 아침이구나 싶으면, 어느새 저녁이었다. 새처럼 노래 부르는 대신, 나는 끊임없이 밀려드는 내 행운에 조용히 미소 지었다.

(165쪽)

Le Printemps

1872

　한때 내 책상 위에는 석회석 덩어리 세 개가 놓여 있었다. 어느 날 나는 그것들을 매일 먼지를 털어 주어야 한다는 사실을 깨닫고 기겁했다. 마음속 가구의 먼지도 채 털어내지 못하고 있으면서 말이다! 나는 먼지를 뒤집어쓴 돌덩어리를 창문 밖으로 내던졌다. 이런 내가 어찌 가구로 가득 찬 집에 살 수 있겠는가?

(56쪽)

모든 소리와 풍경 속에
달콤하고 너그러운 우정이 존재하고 있었다

조용히 비가 내리는 가운데 이런 생각에 빠져 있자니, 자연 속에, 후드득 떨어지는 빗방울 속에, 집 주변을 에워싼 모든 소리와 풍경 속에, 실로 달콤하고 너그러운 우정이 존재하고 있음을 갑자기 확신했다. 그것은 나를 지탱하는 대기처럼 무한하고 말로는 설명할 수 없는 친근한 감정이었다. 인간을 이웃으로 두면 얻을 수 있으리라 생각되던 이점들이 다 하찮아졌다. 나는 이웃이 있었으면 하는 생각을 다시는 하지 않았다. 자그마한 솔잎 하나하나가 공감으로 확장되고 부풀어 올라 내게 친구가 되어 주었다.

지인들은 자주 이런 말을 해 왔다. "거기 살면 무척이나 외롭겠군. 눈비가 오는 날이나 밤에는 특히 사람이 그립겠어." 그들에게 이렇게 대답해 주고 싶다. "인간을 동료들로부터 떨어뜨려 고독하게 만드는 건 대체 어떤 종류의 공간일 것 같은가? 나는 두 사람이 아무리 부지런히 다리를 움직여도 마음까지 가까워지지는 않는다는 사실을 잘 알고 있네."

(195~197쪽 발췌)

서로 너무 가까이서 대화를 나누느라
제대로 경청할 수가 없었다

내 집에는 의자가 셋 있었다. 하나는 고독을, 둘은 우정을, 셋은 사교를 위한 것이다. 예기치 않게 손님들이 우르르 몰려와도 의자 셋밖에는 내놓을 것이 없었다.

작은 집에 살아서 경험하는 불편은, 마주 앉아 거창한 단어들을 쓰며 심오한 사상에 관해 대화를 나눌 때 우리 사이에 충분한 거리를 두기가 힘들다는 점이다. 생각은 정해진 항구로 들어가기 전에, 항해 준비를 마치고 시험 삼아 항로 한두 개쯤 돌아볼 만한 공간을 원한다.

문장들도 펼쳐서 세우려면 띄엄띄엄 공간을 두어야 한다. 개인 간에도 국가들처럼 널찍하고 자연스러운 경계뿐 아니라 상당한 넓이의 중립지대가 필요하다.

언젠가 나는 호수를 사이에 두고 서서 친구와 대화를 주고받는 꽤나 독특한 호사를 누렸다. 내 집에서는 서로 너무 가까이서 대화를 나누느라 제대로 경청할 수가 없었다. 상대가 귀 기울일 만큼 낮게 이야기할 수가 없는 것이다. 잔잔한 수면에 돌 두 개를 너무 가까이 던지면 두 파문이 서로를 방해하는 것과 같은 이치다.

(207~209쪽 발췌)

Trois Pots de Tulipes

1883

Still Life with a Honeydew Melon

1879

가장 친밀한 교제를 원한다면
반드시 침묵을 지켜야 한다

그저 큰 소리로 장황하게 떠들어 대는 것을 좋아하는 사람이라면, 바짝 붙어 서서 볼에 서로의 숨결이 느껴져도 개의치 않을 터다. 그러나 삼가는 태도로 사려 깊게 말하는 사람이라면, 서로의 동물적 열기와 습기가 증발해 날아갈 수 있도록 멀리 떨어져 있고 싶어 한다. 서로의 마음속에 있되 밖으로 소리 내 말하지 않거나 말할 필요도 없는 것까지 나누는 가장 친밀한 교제를 원한다면, 반드시 침묵을 지켜야 할 뿐 아니라, 서로의 목소리를 도저히 들을 수 없을 만큼 물리적으로도 멀리 떨어져 있어야 한다. 이런 기준에서 보자면, 말은 듣는 데 어려움이 있는 사람들의 편의를 위한 것인 듯하다. 그러나 세상에는 고함을 질러도 전달할 수 없는 섬세한 것들이 수도 없이 많다. 대화가 깊어지기 시작하면, 우리는 조금씩 의자를 뒤로 밀어 마침내는 벽에 가서 붙을 지경이 됐는데, 내 방에서는 그래도 공간이 충분치 않았다.

하지만 내 '최고의' 방, 늘 손님을 맞을 준비가 되어 있는 응접실은 집 뒤의 소나무 숲이었다. 여름날 귀한 손님이 오면 나는 그리로 안내했다.

(209쪽)

낚싯줄을 물 아래뿐만 아니라
공중으로도 던져 올리는 기분이었다

한밤중 달빛에 의지해 배를 타고 몇 시간이고 앉아 낚시를 했다. 달빛 속에서 꼬리로 수면을 쳐 올려 잔물결을 일으키는 작은 농어나 은빛 피라미 떼 수천 마리에 둘러싸인 채, 기다란 아마실 낚싯줄로 신비로운 밤 물고기와 교감을 나누었다. 부드러운 밤바람에 떠다니며 드리워 놓았던 낚싯줄을 끌어당기다 보면 한순간 실을 타고 올라오는 가벼운 떨림이 느껴졌다. 실 끝자락에서 미지의 생명체가 확신하지 못하는 막연한 목적으로 결단을 내리지 못한 채 배회하고 있다는 뜻이다. 내가 천천히 한 손 한 손 실을 감아올리면, 뿔이 난 메기가 있는 대로 몸을 비틀고 파닥이며 수면 위로 끌려 나왔다.

특히 캄캄한 밤에, 생각이 다른 천체의 광활하고 우주론적인 주제를 넘나들며 방황할 때, 낚싯줄의 가벼운 떨림에 퍼뜩 꿈에서 깨어나 자연과 다시 연결되는 느낌은 참으로 묘했다. 마치 낚싯줄을 물 아래뿐만 아니라, 물이나 밀도가 비슷해 보이는 공중으로도 던져 올리는 기분이었다. 그렇게 나는 하나의 바늘로 두 마리의 고기를 낚았다.

(260쪽 발췌)

Les Pêches
1883

Les Galettes
1882

Les Nymphéas

1906

Yellow Irises

1914~1917

공중에 누각을 지었더라도
그 아래로 기초를 쌓으면 된다. 지금 있는 그대로

나는 실험을 통해 적어도 다음과 같은 사실을 배웠다. 인간이 자신의 꿈을 좇아 자신 있게 앞으로 나아가며, 상상 속에 그려온 삶을 살아가려 열심히 애쓴다면, 평소 예기치도 못했던 성공을 이룰 수 있다. 그는 과거를 뒤로하고, 눈에 보이지 않는 경계를 넘어설 것이다. 그리하면 새롭고 보편적이고 보다 자유로운 법칙이 그의 주변과 내면에 확립되기 시작할 터다. 혹은 낡은 법칙이 확장되어 좀 더 자유로운 의미에서 그에게 유리한 방향으로 해석될지도 모르니, 그러면 더욱 높은 질서를 따르는 삶을 허가받을 것이다.

그가 소박한 삶을 살아갈수록 복잡한 우주의 법칙도 간결해질 테니, 이제 고독은 더는 고독이 아니고, 가난도 더는 가난이 아니며, 약점도 더는 약점이 아니게 된다. 만약 공중에 누각을 지었더라도, 그것이 반드시 무너져야 할 필요는 없다. 그 아래로 기초를 쌓자. 그러면 누각은 지금 있는 곳에 그대로 있을 것이다.

(483~484쪽)

정해진 시간 내에 도착할 수는 없더라도
올바른 항로에서 벗어나지는 않는다

나는 다른 사람이 내 생활 방식을 차용해 살아가기를 바라지 않는다. 그가 내 생활 방식을 다 익히기도 전에 나는 다른 방식을 찾아낼는지 누가 알겠는가. 나는 세상 사람들이 가능한 한 다양한 삶을 살기를 바란다. 그저 아버지나 어머니, 혹은 이웃의 방식이 아니라 '자기만의 방식'을 찾아내 따르라고 말해 주고 싶다. 젊은이라면 집 짓는 일을 해도 되고, 농부나 선원이 되어도 좋을 테니, 부디 그가 하고 싶다는 일을 방해하지 말자. 우리의 현명함은 어떤 수학적 지표가 있어야만 발휘된다. 선원이나 도망 노예가 북극성을 보고 방향을 가늠하듯이 말이다. 그 지표는 우리를 평생 인도한다. 어쩌면 정해진 시간 내에 항구에 도착할 수 없을 수도 있지만, 올바른 항로에서 벗어나지는 않을 것이다.

La Promenade
1886

우리는 발붙이고 사는 지구의 얇은 표층만 알고 있다. 대부분은 지금 자신이 어디에 서 있는지조차 모른다. 게다가 삶의 절반이나 되는 기간을 잠만 자며 보낸다. 그럼에도 스스로를 현명하다고 여기며 자부심이 대단하고, 지구 표면에 하나의 질서를 확립하기도 했다. 이 얼마나 심오한 사상가이고, 야심에 찬 존재들인가!

(496쪽)

우리 앞에는 수많은 새벽이 기다리고 있다
태양은 아침에 뜨는 별에 지나지 않는다

사과나무로 만든 오래된 탁자에서 아름다운 벌레 한 마리가 튀어나왔다. 탁자는 어느 농가의 부엌에 60년 동안 놓여 있었고, 판자의 나이테를 세어 보면 알은 그보다도 여러 해 전, 나무가 살아 있던 시절에 슬어 놓은 것이었다. 찻주전자의 열기 덕에 부화했는지, 여러 주일 전부터 판자 갉아먹는 소리가 들렸다고 한다.

날개 달린 아름다운 생명체가 참으로 오랜 세월 동안 죽어 말라비틀어진 듯한 삶 속에 던져진, 무수한 동심원을 그린 목재의 나이테 아래서 묻혀 지낸 것이다. 그동안 나무는 점차 잘 마른 무덤을 닮아가고 있었으리라. 그러다가 어느 날 갑자기 세상 밖으로 나와 찬란한 여름을 즐기게 되리라고 누가 생각이나 했겠는가!

하지만 이것이 '내일'의 특징이다. 시간의 경과만으로 결코 새벽을 불러올 수 없다. 어떤 빛이 인간의 눈을 감긴다면 그것은 어둠이나 마찬가지다. 눈을 떠서 깨어나는 순간이 바로 새벽이 밝아오는 시간이다. 우리 앞에는 수많은 새벽이 기다리고 있다. 태양은 아침에 뜨는 별에 지나지 않는다.

(498~499쪽 발췌)

Houses on the Zaan River at Zaandam
1871

세상의 돛대 앞과 갑판 위에 서 있고 싶다
산중에 떠오른 달빛을 가장 잘 볼 수 있도록

나는 숲에 들어갔을 때만큼이나 중요한 이유를 안고 숲을 떠났다. 마치 내게 살아가야 할 삶이 몇 개쯤 더 있어서, 숲에서의 삶을 위해 더는 시간을 바칠 수가 없게 느껴졌다. 놀랍게도 우리는 너무도 쉽게 스스로 알아차리지도 못하는 사이, 어떤 특정한 길을 밟아 그것을 자신만의 길로 만들어 버린다. 숲으로 들어간 지 일주일도 채 안 되어서, 나 역시도 오두막 문간에서 호수까지 내 발자국으로 길을 냈다. 5년이 지났는데도 여전히 그 흔적이 뚜렷하게 남아 있다.

지표면은 부드럽기 그지없어서 사람의 발길이 닿으면 자국이 남는다. 마음이 지나다니는 길도 마찬가지다. 그렇다면 세상의 고속도로는 얼마나 닳고 먼지가 끼어 있겠는가! 전통과 순응이 남긴 바퀴 자국은 또 얼마나 깊겠는가! 나는 선실 복도를 걷는 것이 아니라, 세상의 돛대 앞과 갑판 위에 서 있기를 바랐다. 그곳에 있어야만 산중에 떠오른 달빛을 가장 잘 볼 수 있을 테니까. 이제 더는 아래로 내려가고 싶지 않다.

(483쪽)

인간은 자신의 한계가 무너지는 모습을
목격해야 한다

인간은 절대로 자연에 질리지 않는다. 그 지치지 않는 활력, 광활함, 거대한 모습, 난파선이 떠밀려 온 해안가, 살아 있는 나무와 썩어가는 나무가 공존하는 황무지, 천둥을 몰고 오는 구름, 3주나 쏟아지며 홍수를 일으키는 비, 이 모든 것을 바라보는 것만으로도 우리는 새롭게 활기를 찾는다. 인간은 자신의 한계가 무너지는 모습을 목격해야 한다. 인간의 발길이 전혀 닿지 않는 곳에서 살아가는 생명체의 모습을 볼 수 있어야 한다. 동물의 시체를 보면 역겹고 낙담되지만, 독수리가 그것을 뜯어 먹고 건강과 힘을 얻을 때 우리도 기운을 얻는다.

나는 일부 생명체가 다른 존재에게 희생되기도 하고, 서로 먹고 먹히며 살아가도 좋을 만큼 수많은 생명체로 가득 찬 모습을 보고 싶다. 현명한 사람은 만물의 보편적 결백을 깨닫는다. 독이란 것도 결국은 전혀 위험하지 않고, 어떠한 상처도 치명적이지 않다. 연민이 설 자리란 없다.

(474~475쪽 발췌)

Snow at Argenteuil
1875

A Cart on the Snowy Road at Honfleur

1865

나는 잠에서 깨며 질문의 해답으로,
자연과 햇살 속으로 들어간다
나는 아침 일을 시작한다

고요한 겨울밤을 보내고 나면, 나는 꿈속에서 '무엇을, 언제, 어떻게, 어디서' 같은 질문을 받고 잠결에 답을 하려고 헛되이 애쓰다가 깨어나는 기분을 느꼈다. 눈을 뜨면 모든 생명을 품은 자연이 새벽을 맞아 평온하고 만족스러운 얼굴로 내 넓은 창을 들여다보고 있는데, 그 입술에는 질문이 담겨 있지 않았다. 나는 잠에서 깨며 질문의 해답으로, 자연과 햇살 속으로 들어갔다. 어린 소나무가 점점이 서 있는 땅에 깊이 쌓인 눈과 내 집이 자리 잡은 언덕 비탈이 '전진!'이라고 말하는 듯했다. 자연은 인간에게 어떤 질문도 하지 않고, 인간이 묻는 질문에 대답도 하지 않는다. "오, 군주여! 우리의 눈이 이 우주의 경이롭고 다양한 장관에 경탄하여 그것을 영혼에 전합니다. 밤이 이 경이로운 창조물의 일부를 칠흑 같은 어둠으로 가리지만, 낮이 찾아와 다시 이 위대한 작품을 드러내니 지상에서 하늘의 평원에까지 이릅니다."

그리하여 나는 아침 일을 시작한다.

(422~423쪽)

죽어 있던 월든 호수가 다시 살아나고 있다
겨울에서 봄으로, 변화는 불시에 일어난다

띠처럼 녹은, 기쁨과 젊음을 발산하는 호수의 맨 얼굴이 태양 아래 반짝이는 모습을 바라보고 있노라면 한없이 영광스러운 기분이 느껴진다. 황어의 비늘처럼 은빛을 발하는 그 모습은 살아 있는 한 마리의 물고기나 다름없다. 그것이 바로 겨울과 봄의 차이점이다. 죽어 있던 월든 호수가 이제 다시 살아나고 있다.

눈보라치던 겨울이 고요하고 온화한 날씨로, 어둡고 굼뜨게 움직이던 시간이 밝고 탄력 있는 시간으로 바뀌는 과정은 만물이 성명을 발표하는 매우 중대한 순간이다. 변화는 불시에 일어난다. 겨울 구름이 여전히 하늘에 걸려 있고, 처마에서는 진눈깨비를 동반한 빗물이 떨어지며, 이미 해가 기울기 시작한 어느 날 저녁이었다. 갑자기 햇살이 온 집 안을 가득 채웠다. 나는 창밖을 내다보았다. 세상에! 어제까지만 해도 차가운 잿빛 얼음이 놓여 있던 곳에, 투명한 호수가 자리해 있는 게 아닌가. 하늘에는 여름의 흔적이라고는 보이지도 않았지만, 멀리 떨어진 지평선과 교신이라도 하는지, 호수는 투명한 가슴에 여름의 저녁 하늘을 그득 담고 있었다.

(465쪽 발췌)

On the Bank of the Seine, Bennecourt

1868

The Basket Of Apples
1880

대지와 바다가 야성의 상태로 남아 있기를
탐사되지 않고 헤아리지 못한 채 남아 있기를

아! 수많은 첫 봄날의 아침마다 나는 초지로 나가 작은 둔덕에서 둔덕으로, 버드나무 뿌리에서 뿌리로 건너뛰며 돌아다녔다. 그런 날 세차게 흘러내리는 강물과 숲은 망자도 깨울 수 있을 만큼 순수하고 찬란한 빛을 받아 반짝였다. 천지의 모든 것이 바로 그런 빛 속에 살아감이 분명하다.

마을을 에워싸고 있는 미개간 숲이나 목초지가 없다면 삶은 고인 물처럼 정체되어 있으리라. 우리는 야생이라는 강장제가 필요하다. 때로는 알락해오라기나 뜸부기가 숨어 사는 늪지를 걷고, 도요새의 요란한 울음소리도 들어야 한다. 좀 더 야성적이고 외로운 새만이 둥지를 짓고, 밍크가 바닥에 납작 엎드려 배를 대고 기어 다니는 그런 곳에 가서 바람에 일렁이며 소곤대는 사초의 향도 맡아야 한다. 우리는 모든 것을 탐구해 알고자 하는 열망만큼이나, 모든 것이 신비롭고 탐험되지 않은 채 남아 있기를 간절히 바라기도 한다. 대지와 바다가 야성의 상태로 무한히 남아 있기를, 측량할 수 없기에 탐사되지 않고 헤아리지 못한 채 남아 있기를 바란다.

(473쪽 발췌)

저기 자라는 사초와 고사리처럼
그대의 천성에 따라 마음껏 자라나라

멀리 너른 곳으로 매일 낚시와 사냥을 나가라. 더 멀고 더 너른 곳으로. 그리고 개울가든 화롯가든 두려워하지 말고 편히 쉴지니. 젊었을 때 그대의 창조주를 기억하라. 새벽이 오기 전에 근심에서 벗어나 모험을 찾아 떠나라. 낮에는 날마다 다른 호숫가에 머물고, 밤이면 어디가 됐든 집을 삼아 쉬어라. 이곳보다 더 넓은 평원은 없고, 여기서 즐길 수 있는 놀이보다 더 가치 있는 것은 없다. 저기 자라는 사초와 고사리처럼 그대의 천성에 따라 마음껏 자라나라. 천둥이 울리도록 하라. 그것이 농부의 작물을 망친들 어떠랴. 남들이 수레와 헛간으로 피해도, 그대는 구름 밑에서 은신처를 찾아라. 돈 버는 것을 업으로 삼지 말고 놀이로 삼아라. 땅을 즐기되 소유하지는 말아라. 사람은 진취성과 신념이 부족해서 자신이 속한 곳에서 벗어나지 못한 채, 사고팔고 농노처럼 삶을 소모하는 것이다.

(308쪽)

68

La Promenade, Argenteui

184

Le Pont Japonais

1918-1924

Les Nymphéas
1908

사회가 내게 요구하는 선행을 베푼다면서, 우주를 파멸에서 구해내겠다면서, 나만의 소명을 의식적이고 고의적으로 저버려서는 안 될 것 같다. 나는 세상 어디에나 존재하는, 나와 비슷하지만 나보다 훨씬 꿋꿋한 의지를 보이는 사람들 덕분에 우주가 존속된다고 믿는다.

썩은 선행에서 피어오르는 악취만큼 고약한 것은 없다.

(109~110쪽 발췌)

완전히 길을 잃고 나서야
자신이 누구인지 알게 된다

숲에서 길을 잃고 헤매는 일은 매우 놀랍고 소중할 뿐 아니라, 가치 있는 경험이다. 눈보라라도 치면 대낮에 평소 잘 아는 길로 가고 있는데도 마을로 통하는 길을 도통 찾지 못한다. 수천 번도 더 지나다녔는데 길의 특징이 전혀 눈에 들어오지 않고, 그 길이 마치 시베리아 거리처럼 낯설게 느껴지는 것이다. 밤이면 그 당황스러움은 무한히 더 커진다.

그저 가볍게 주변을 돌아볼 때조차도 우리는 끊임없이, 비록 의식하지는 못할지라도, 마치 선원처럼 익숙한 불빛이나 해안의 돌출부를 길잡이 삼아 배를 조종해 간다. 통상적인 항로를 벗어나는 경우에도 항시 근처 곶의 위치를 염두에 두고 나아간다. 따라서 완전히 길을 잃기 전에는, 자연이 얼마나 광활하고 낯선 곳인지 우리는 결코 알지 못한다. 우리는 길을 잃고 나서야, 즉 세상을 잃고 나서야 자신이 누구인지 알게 된다. 우리가 지금 어디를 헤매고 있으며 세상과의 관계가 얼마나 무한히 넓어질 수 있는지 깨닫기 시작한다.

(253~254쪽 발췌)

모두가 질문에 답을 해 왔다
각자의 능력에 따라, 글과 삶으로

모든 책이 다 그 책을 읽는 사람들만큼 따분하지는 않다. 세상에는 우리의 상황을 정확히 표현하는 말이 있을지도 모른다. 만약 우리가 그 말을 경청하고 이해한다면, 아침이나 봄보다 우리의 삶에 더욱 유익하게 작용할 테고, 사물의 새로운 측면을 우리에게 보여줄 수도 있다. 세상에는 한 권의 책에 감명받아 삶의 새로운 국면을 맞이했던 사람이 수없이 많다. 인간이 이루어 낸 기적을 설명해주고 새로운 기적을 드러내 보여줄 책이 우리를 위해 존재할지도 모른다. 지금은 말로 표현할 수 없는 것이 어딘가에는 표현되어 있을지도 모른다. 우리를 불안하게 하고, 당혹하게 하고, 혼란스럽게 하는 질문이 지금껏 모든 현명한 이에게도 던져졌다. 하나도 빠짐없이. 그리고 모두가 그 질문에 답을 해 왔다. 각자의 능력에 따라, 글과 삶으로.

그뿐만 아니라, 지혜가 쌓여감에 따라 우리는 너그러움도 함께 배운다.

(159~160쪽)

Antibes Seen from La Salis
1888

지성은 커다란 칼이다
만물 깊숙이 들어가 식별하고 갈라낸다

시간은 내가 낚싯줄을 드리운 강줄기와 다름이 없다. 나는 그 물을 들이킨다. 그런데 물을 마시는 동안 모래 바닥을 내려다보면서 그것이 얼마나 얕은지 알아차린다. 시간의 얕은 물살이 흘러가 버려도 영원은 그 자리에 남는다. 나는 더 깊이 들어가 물을 마시리라. 별이 조약돌처럼 깔린 하늘에서 고기를 낚으리라.

나는 수를 헤아릴 줄 모르고, 알파벳의 첫 글자도 모른다. 나는 태어나던 날만큼 슬기롭지 못함을 늘 한탄해 왔다. 지성은 커다란 칼이다. 만물의 비밀 속으로 깊숙이 들어가 그것을 식별하고 갈라낸다. 나는 필요 이상으로 내 손을 바쁘게 놀리지 않겠다. 내 머리가 손이자 발이다. 그 안에 내 최고의 자질이 압축돼 들어가 있다. 어떤 동물이 주둥이와 앞발로 굴을 파듯이, 나는 머리로 굴을 파고들어 볼까 한다. 이 근처 어딘가 금덩이가 넘쳐 나는 광맥이 있으리라. 그러니 바로 여기서 채굴을 시작하자.

(146쪽)

오면 오는 대로, 가면 가는 대로 내버려 두자
그렇게 하루를 보내자

부디 하루라도 자연처럼 신중하게 삶을 살아보자. 한낱 철로 위에 떨어진 견과류 껍질이나 모기의 날개 때문에 탈선하는 기차가 되지는 말자. 아침에는 일찍이 눈을 뜨자마자, 제발 수선 떠는 법 없이 점잖게 아침을 시작하자. 친구가 오면 오는 대로, 가면 가는 대로 내버려 두자. 그렇게 하루를 보내자고 마음먹자. 왜 굳이 시대의 조류에 휩쓸려 떠내려가려 하는가? 정오의 얕은 여울에 자리 잡은, 정찬이라 부르는 끔찍한 급류와 소용돌이에 휩쓸려 압도당하지 말자. 이 위험만 견뎌 내면 나머지 길은 안전한 내리막이다. 그러니 율리시스처럼 돛대에 몸을 묶고 긴장을 유지한 채 아침의 활력으로 계속 항해해 나가자. 기적이 울리면, 울리다 지쳐 목이 쉴 때까지 내버려 두자. 종이 울린다고 뛰어갈 이유도 없다. 모든 것을 음악 소리로 들으면 어떤가.

(144쪽)

La barque
1887

En Norvégienne, dit aussi La Barque à Giverny
1887

봄이면 어김없이 새싹이 트듯이
호수도 반드시 천둥소리를 내야 하는 것이다

해가 뜬 지 1시간쯤 지나자, 언덕 위에서부터 비스듬히 내리비치는 태양 광선의 영향으로 호수가 우르르 울리기 시작했다. 막 잠에서 깬 사람처럼 기지개를 켜고 하품을 하면서 점차 더 크게 몸을 움직여 갔는데, 그런 상태가 서너 시간 지속됐다. 그러다가 정오가 되니 잠시 낮잠에 빠져들었다가, 태양이 영향력을 거둬들이는 밤을 향해 나가는 동안 다시 깨어나 울렸다.

'호수의 천둥소리'에 놀란 물고기들은 전혀 입질을 하지 않는다. 호수가 매일 저녁 천둥소리를 내는 것은 아니고, 나도 언제 그 소리가 날지 확실히 예측할 수는 없다. 그러나 날씨에 아무런 변화가 없는데도, 호수가 울리는 일이 있다. 이처럼 크고 차고 두꺼운 존재가, 그처럼 민감하리라고 그 누가 상상이나 했겠는가? 봄이면 어김없이 새싹이 트듯이 호수에게도 나름의 법칙이 있어서 때가 되면 반드시 천둥소리를 내야 하는 것이다. 대지는 모두 살아 있으며 예민한 돌기로 뒤덮여 있다. 이 세상에서 가장 큰 호수도 온도계 속의 수은 방울만큼이나 대기의 변화에 민감하다.

(450~451쪽)

내 표현이 충분히 '과감'하지 않을까 봐 걱정한다

'제발 알아들을 수 있게 말해 달라'는 식의 요구를 하는 사람은 성장할 수가 없다. 그는 마치 자신이 상대방을 이해하는 것이 무척 중요한 일이며, 자신만큼 당신을 이해하는 사람은 세상에 존재하지 않는다는 듯 군다. 오직 한 가지 이해 방식만 있을 뿐이라고 간주하는 듯하다. 황소도 알아듣는 '이랴'나 '워워'가 가장 훌륭한 단어라고 믿는 듯하다. 어리석음 속에 안전함이 깃든다고 생각하는 모양이다.

하지만 나는 내 표현이 충분히 '과감'하지 않을까 봐, 일상의 경험이라는 좁은 한계를 넘어 멀리로 헤매다니지 못할까 봐 걱정한다. 그래야만 내가 확신하는 진리를 적절히 표현할 수 있을 텐데! 우리는 새로운 초원을 찾아 다른 위도로 옮겨가는 들소보다, 젖 짜는 시간에 통을 걷어차고 우리를 뛰어넘어 제 송아지가 있는 곳으로 달려가버리는 암소보다 과감하지 않다.

나는 아무런 제약 없이 이야기하고 싶다. 깨어나는 이에게 말을 거는 깨어 있는 사람처럼. 진실한 표현의 기초를 쌓으려면 아무리 과장해도 충분치 않다.

(484~485쪽 발췌)

Printemps à Vétheuil
1880

À travers les Arbres, Île de la Grande Jatte
1878

아직 봄이 채 가지도 않았는데
여름으로 바꾸라는 말인가

만약 누군가가 동료들과 보조를 맞추지 않는다면, 그것은 그가 다른 북소리를 듣고 있기 때문일지 모른다. 그가 들리는 음악소리에 맞춰 걷게 두자. 그 소리가 어떻게 들리든 얼마나 멀리서 들리든 상관하지 말자. 사과나무나 떡갈나무처럼 빨리 성숙하는 것은 그에게 전혀 중요하지 않다. 아직 봄이 채 가지도 않았는데, 여름으로 바꾸라는 말인가? 그를 위한 때가 아직 도래하지 않았는데, 대신 어떤 현실로 그것을 대체할 수 있다는 말인가? 헛된 현실이라는 암초에 배를 난파시켜서는 안 된다. 푸른 유리를 힘들게 머리 위로 들어 올리고는 그것을 하늘이라 해서야 쓰겠는가? 설령 들어 올린다고 하더라도, 우리는 유리 같은 것은 거기에 없다는 듯이 그 너머 멀리에 있는 진짜 하늘을 바라보고 있지 않을까?

(487쪽)

새벽 3시의 용기

내게 상업이 매력적으로 보이는 이유는 진취성과 용기 때문이다. 상업은 두 손을 모아 쥐고 제우스에게 기도하지 않는다. 상인들은 나름의 용기와 만족을 품고 장사에 나서 스스로가 생각한 이상으로 많은 일을 해낸다. 어쩌면 의도했던 것보다 훨씬 잘 해낼지도 모른다. 나는 부에나비스타 최전선(멕시코 전쟁 때의 격전지)에서 반 시간을 견뎌낸 영웅적 행위보다, 제설차를 겨울 숙소로 삼아 살아가는 사람들의 꾸준하고 낙천적인 용기에 훨씬 크게 감동한다. 그들은 나폴레옹이 가장 드문 용기라고 말했던 '새벽 3시의 용기'를 보여준다. 일찍 잠자리에 들지 않고 눈보라가 잠잠해지거나, 철마의 근육이 얼어붙을 때에만 비로소 잠을 청하는 용기를 보인다는 뜻이다.

(175쪽)

Meadow with Poplars
1875

짐꾸러미에 잡동사니만 그득한데
태워 버릴 용기가 없다

인간이 갈수록 융통성을 잃어 가는 건 당연하다. 우리가 얼마나 자주 오도 가도 못하는 상황에 처하는가!

당신이 통찰력이 있다면, 누군가를 만날 때마다 그의 뒤편 수레에 그의 모든 소유물, 아니, 그가 제 것이 아닌 척하는 많은 것들이 잔뜩 실린 것을 볼 것이다. 심지어는 부엌 가구가, 그가 모으기만 하고 태워 버리지 못하는 잡동사니까지 있다. 그는 그 수레에 결박당한 채 어떻게든 앞으로 나가려 애를 쓴다. 하지만 제 몸이야 어찌어찌 옹이구멍인지 문인지 하는 것을 겨우 빠져나가더라도 짐이 잔뜩 실린 수레는 문간에 끼어 빠져나갈 수 없으니, 그 모습이 바로 오도 가도 못하는 상황에 처한 인간이다.

나는 오늘날의 영국이 커다란 짐꾸러미를 끌고 여행을 다니는 노신사 같다. 꾸러미 안에 큰 가방, 작은 가방, 판지 상자, 보따리 등 오랜 살림살이로 불어난 잡동사니만 그득한데, 정작 그것을 태워 버릴 용기가 없다.

(99~100쪽 발췌)

반드시 봐야 할 것을 늘 눈여겨보는 훈련을 하라. 제아무리 잘 선택한 역사, 철학, 시 강의도, 혹은 뛰어난 사회나 동경할 만한 삶의 방식도 그것을 대신할 수 없다. 단순한 독자나 학생이 되지 말고 '보는 이'가 되어야 한다. 운명을 읽고 앞에 놓인 것을 바라본 후, 미래로 걸어 들어가자.

(164쪽)

집을 마련하고 나면
집이 그를 소유하는 상황이 되기도 한다

집을 마련하고 나면, 농부는 그 집 때문에 더 부자가 되는 게 아니라 오히려 더 가난해진다. 실제로는 집이 그를 소유하는 상황이 되기도 한다. 집은 처분하기도 힘든 재산이다 보니 우리는 가끔 집에서 살아간다기보다 감금돼 있지 않은가. 피해야 할 나쁜 이웃이 바로 괴혈병에 걸린 우리 자신일 때도 있다.

대다수의 사람이 마침내 모든 편의를 제공하는 현대식 주택을 소유하거나 빌릴 능력을 갖추게 되었다고 해보자. 문명의 발달과 함께 주택도 개선되었지만, 그곳에 거주하는 인간의 수준까지 똑같은 정도로 향상되지는 않았다. 문명은 궁전 같은 집을 만들어냈으나, 그 안에서 살아갈 고귀하고 고결한 인품의 인간을 탄생시키기란 그리 쉬운 일이 아니었다. 문명인이 추구하는 바가 야만인이 추구하는 바보다 훨씬 가치 있는 게 아니라면, '문명인이 그저 하찮은 생필품과 육체적 안락을 얻는 데 생의 대부분을 바친다면, 그가 굳이 야만인보다 더 좋은 집에서 살아야 할 이유가 있을까?'

다들 기념비를 누가 세웠는지 묻는다
나는 기념비를 세우지 않았던 사람이 더 궁금하다

소박하고 자주적인 정신의 소유자는 아무리 군주의 지시라도 무조건 복종하지 않는다. 천재는 결코 황제의 시종이 되지 않으며, 아주 소량을 제외하고는 금이나 은이나 대리석을 재료로 쓰지도 않는다. 그렇다면 대체 무슨 목적으로 그 많은 석재를 망치로 두드리는 걸까? 많은 국가가 그들이 다듬어 남긴 돌의 양으로 국가의 기억을 영속화하려는 광적인 야망에 강박적으로 매달린다. 하지만 같은 양의 수고를 국가의 품격을 다듬고 빛내는 데 바친다면 어떨까? 달보다 높이 쌓아 올린 기념비보다 사소한 분별력이 좀 더 기념할 만하지 않겠는가? 돌이란 모름지기 제자리에 있어야 아름다운 법이다. 테베의 웅장함은 천박할 따름이다. 정직한 농부의 밭을 둘러싼 돌담이 진실한 삶의 목표에서 동떨어져 방황하는 백 개의 문이 달린 테베의 신전보다 더 의미 있다.

많은 이들이 동서양의 기념비들에 관심을 두고 누가 세웠는지 궁금해 한다. 그러나 나는 그것을 세우지 않은, 그런 사소한 일을 초월했던 사람이 누구인지를 더 알고 싶다.

(86~88쪽 발췌)

Woman with a Parasol, Madame Monet and Her Son

1875

우리가 사물에 부여하는 얼굴 중에 진실만큼 도움이 되는 것도 없다. 진실만이 그 무엇보다도 오래간다. 대체로 우리는 있어야 할 곳이 아닌, 거짓된 입장에 서 있다. 멋대로 상황을 가정하고, 스스로를 그 안에 가둬버린다. 그러니 늘 두 가지 상황에 동시에 처해, 빠져나오기도 두 배로 힘들다. 남들이 듣고 싶어 할 말이 아니라, 내가 해야 할 말만 하자. 아무리 사소하더라도 진실이 거짓보다 낫다.

(489쪽)

가진 것이 많다면 대추나무처럼 베풀고
베풀 것이 없다면 삼나무처럼 자유로워지라

시라즈의 족장 사디가 쓴 《굴리스탄(화원)》이라는 작품에 나오는 구절이다. 사람들이 현자에게 물었다. "지고한 신이 창조해 낸, 하늘 높이 솟아 짙은 그늘을 드리우는 무성한 나무들 중에 열매를 맺지 않는 삼나무를 제외하고는 '아자드(자유롭다)'라 불리는 나무가 없습니다. 어떤 심오한 까닭이라도 있는 겁니까?"

현자가 답했다. "나무란 모름지기 나름의 열매와 철이 있어서, 제철이 되면 푸르러지고 꽃도 피우지만 철이 지나면 마르고 시드는 법이다. 하지만 삼나무는 계절과 상관없이 늘 무성하다. 바로 그런 특성을 자유롭다 하거나 종교에서 독립적이라 한다. 그러니 그대들도 덧없는 것에 마음을 쏟지 말라. 통치자 칼리프의 생이 다한 후에도 티그리스 강은 바그다드를 통과해 계속 흐를 것이다. 그대가 가진 것이 많다면 대추나무처럼 아낌없이 베풀고, 베풀 것이 없다면 삼나무처럼 자유로워지라."

(117쪽)

part 02

왜 더 많은 것을 얻으려고만 애쓸 뿐
적은 것에 만족하는 법은 배우지 않을까

행색이 초라한 자에게 돈을 주면
더 많은 누더기를 사 입을지도 모른다

가난한 사람을 도울 때는 그가 절실히 필요로 하는 것을 주어야 한다. 비록 그것이 그가 따르기 힘든 당신의 모범이라 할지라도 상관없다. 돈을 주려거든 그것으로 뭔가를 해 줘야지, 무작정 줘서는 안 된다. 우리가 자주 하는 엉뚱한 실수들이 있다. 가난한 사람은 더럽고 초라하고 지저분하니까 반드시 춥고 배고프리라고 단정하는 것이다. 행색은 단지 그들의 취향일 뿐, 반드시 불운하기 때문은 아니다. 그런 이에게 돈을 주면, 더 많은 누더기를 사 입을지도 모른다.

세상에 악의 뿌리를 쳐내는 사람이 한 명쯤 있다면, 그 잔뿌리만 잘라내고 마는 사람은 천 명도 넘는다. 어떤 이는 가난한 사람을 부엌일에 고용하는 친절을 베푼다. 자기가 직접 부엌일을 하는 것이 더 큰 친절이 아닐까? 수입의 10분의 1을 자선사업에 쓴다고 우쭐대는 사람도 있다. 차라리 9할을 쓴다면 자선사업을 끝낼 수도 있다. 자선은 인류에 의해 충분히 그 가치를 인정받는 거의 유일한 미덕이다. 아니, 너무 과대평가되었는데, 그것은 우리의 이기심 덕분이다.

(112~113쪽 발췌)

La Maison à travers Les Roses

1917-1919

Blanche Monet au Chevalet

1887

왜 더 많은 것을 얻으려고만 애쓸 뿐
적은 것에 만족하는 법은 배우지 않을까

대부분의 사람은 집이란 무엇인지에 대해 전혀 생각해 보지 않고, 그저 이웃이 가졌는데 나도 하나 가져야 하지 않겠는가라는 생각으로 집을 장만하겠다고 평생 쓸데없는 가난에 허덕이며 살아간다. 마치 재단사가 만들어 주는 옷이라면 무조건 받아 입은 후, 평소에 쓰던 모자는 버리고 왕관을 살 형편이 안 된다고 신세 한탄을 하는 것 같다!

지금 사는 집보다 훨씬 편리하고 호화로운 집을 짓는 일은 얼마든지 가능하다. 하지만 지금 자신에게 그럴 여력이 없다는 사실은 인정해야 한다. 우리는 왜 늘 더 많은 것을 얻으려고만 애쓸 뿐, 적은 것에 만족하는 법은 배우려 하지 않을까? 왜 죽음을 앞둔 시민이 젊은 세대를 앉혀 놓고는 엄숙한 어조로, 집 안에 늘 여분의 장화와 우산과 텅 빈방을 오지도 않을 손님을 위해 마련해 두어야 한다고, 자신도 평생을 그리했다고 가르칠까?

(55쪽)

Bouquet of Gladioli, Lilies and Daisies

1878

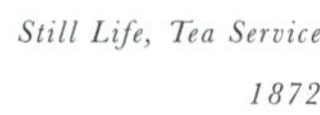

Still Life, Tea Service
1872

지금보다 조금 덜 만나도
진심 어린 대화를 나누는 데 아무런 지장이 없다

대부분의 시간을 홀로 보내는 것이 바람직하다. 교제는 아무리 좋은 사람들과 어울린다고 해도 사람을 곧 지치고 산만하게 만들어 버린다. 나는 혼자 있는 것이 좋다. 고독만큼 함께하기 좋은 벗을 아직은 만나보지 못했다. 대체로 우리는 방 안에 홀로 머물 때보다 밖에 나가 사람들과 어울릴 때 더 외로움을 느낀다. 사색하거나 일하는 사람은 늘 혼자다. 그런 사람을 굳이 끌어내지 말자. 고독의 정도는 인간과 인간 사이를 메우고 있는 공간의 거리로는 측정할 수 없다.

인간의 교제는 일반적으로 너무 천박하다. 다들 너무 자주 만나는 탓에, 서로에게서 새로운 가치를 얻을 여유가 없다. 하루 세끼 밥 먹을 때 만나서 우리 자신이라는 곰팡이 핀 오래된 치즈를 서로에게 권한다. 관계가 너무 돈독한 탓에 서로의 앞길을 막아서기도 하고, 서로의 발에 걸려 넘어지기도 한다. 장담컨대, 지금보다 조금 덜 만나도 중요하고 진심 어린 대화를 나누는 데 아무런 지장이 없다.

(201~202쪽 발췌)

삶을 즐기듯 살거나 공부만 하지 말고
'처음부터 끝까지' 진지하게 '살아 보라'

어떤 학생이 인간에게 반드시 필요한 노동을 일부러 교묘히 피하여 여가를 얻고 노동 의무를 면제받는다면, 그는 스스로 여가를 가치 있게 만드는 경험을 빼앗는 셈이고, 그의 여가는 비열하게 얻은 무익한 것이 된다.

"설마 학생이 머리가 아니라 손으로 일해야 한다는 말은 아니겠죠?"

정확히 그런 뜻은 아니지만, 어느 정도 그렇게 들어도 된다. 학생이 삶을 '즐기듯이' 살거나 '공부만 하며' 살 것이 아니라, '처음부터 끝까지' 진지하게 '살아 보라'는 것이다. 젊은이가 지체 없이 삶을 실험해 보는 것보다 삶에 대해 더 제대로 배울 수 있는 방법이 있을까? 나는 그 방법이 수학만큼이나 그들의 정신을 훈련시키리라 생각한다.

(77쪽)

Effet de Printemps à Giverny

1890

알렉산더 대왕과《일리아스》

우리는 이따금 웅변가가 토해내는 열변에 크게 감동하지만, 가장 고귀한 글말은 그런 덧없는 입말보다 훨씬 높고 먼 위치에 있다. 별을 품은 창공이 구름보다 멀리 있는 것과 마찬가지다. '거기'에 별이 있으니 누군가는 읽을 수 있다. 천문학자들은 늘 별에 관해 이야기하고 관찰하지 않는가. 글말은 우리의 일상 대화나 입김처럼 증발하지 않는다.

알렉산더 대왕은 원정을 떠날 때 귀중품 궤짝에《일리아스》를 넣고 다녔다. 글로 쓰인 문헌은 소중한 유산이다. 그 어떤 예술 작품보다 삶 자체에 가장 가까이 다가선 예술이다. 단순히 읽히는 데서 그치지 않고 모든 인간의 입술에서 숨결처럼 내뱉어진다. 2천 번의 여름은 그리스의 문학에 원숙한 황금빛 가을의 색조를 입혔다.

En Barque

1887

Spring by the Seine
1875

난간 너머를 더 자주 바라보자
내면의 신대륙을 발견하는 콜럼버스가 되자

의사는 환자에게 공기와 풍경을 바꿔보라고 조언한다. 다행스럽게도 여기 이곳만이 세상의 전부는 아니지 않은가. 우리보다 기러기가 더 활발히 세상을 돌아다닌다. 들소마저도 계절과 보조를 맞춰서, 더 푸르고 달콤한 초원으로 옮겨간다. 그런데 인간은 농장의 나무 울타리를 허물고 튼튼한 돌담이라도 쌓으면, 그때부터 삶에 확실한 경계가 그어졌고 운명이 결정되었다고 생각한다.

다만 우리는 호기심 많은 선객처럼 난간 너머를 더 자주 바라보아야지, 뱃밥이나 만드는 어리석은 선원처럼 항해해서는 안 된다. 발견해야 할 곳이 정말 나일강이나 니제르강, 미시시피강의 수원, 혹은 아메리카 대륙의 북서항로인가? 차라리 우리 각자의 마음속에서 강과 바다를 찾아야 한다. 내면의 더 높은 위도 탐험에 나서자. 부디 내면의 신대륙과 신세계를 발견하는 콜럼버스가 되어, 무역이 아닌 사상을 실어 나를 수 있는 새로운 항로를 개척하자.

(477~479쪽 발췌)

Les Nymphéas
1906

Les Nymphéas
1907

우리는 먼 곳에서 돌아와야 한다
매일 새로운 경험을 하고
새로운 인간이 되어 돌아와야 한다

사람들은 밤이 되면 어김없이 집으로 돌아온다. 그러나 집 안에서 내는 소리도 다 들릴 정도의 가까운 거리에 있는 들판이나 길에서 오는 것에 불과하다. 따라서 자신이 내뱉은 숨을 다시 들이마시며 점차 수척해져 간다. 차라리 아침저녁으로 길어지는 그들의 그림자가 매일 그들이 움직여 다니는 거리보다 더 멀리까지 뻗어 나간다. 우리는 먼 곳에서 돌아와야 한다. 모험과 위험을 겪은 후, 매일 어떤 발견을 통해 새로운 경험을 하고 새로운 인간이 되어 돌아와야 한다.

(309쪽)

낚시꾼을 쳐부수겠다고 번개 창을 내리꽂다니
신들도 참 어지간히 자랑스럽겠다

언젠가 나는 우연히 활처럼 휜 무지개의 끝에 서 있었다. 무지개는 대기의 낮은 층을 가득 채워 주변의 잔디와 나뭇잎을 물들였다. 나는 형형색색의 수정을 통해 세상을 바라보듯 황홀한 기분을 느꼈다. 세상이 무지갯빛 호수였고, 나는 그 속에서 잠시나마 돌고래처럼 헤엄쳐 다녔다. 그것이 조금만 더 오래 지속되었더라면, 나의 일과 삶까지도 무지갯빛으로 물들었을 터다.

그날은 낚시를 가는 길에 소나기를 만나서, 가지가 층층이 겹쳐 있는 소나무 밑에서 머리에 손수건을 뒤집어쓰고 반 시간 가까이 비를 피했다. 물이 내 허리까지 차오르는 물가에 서서 물옥잠 너머로 낚싯줄을 던졌을 때, 불현듯 내가 구름의 시커먼 그림자 속에 서 있는 것을 깨달았다. 곧 천둥소리가 엄청나게 울렸다. 그저 황망히 듣고 서 있을 수밖에 없었다. 무기 하나 들고 있지 않은 불쌍한 낚시꾼을 쳐부수겠다고 날카로운 번개 창을 내리꽂아 대다니, 신들도 참 어지간히 자랑스럽겠다는 생각이 들었다.

Le Grand Canal, 1908

남이 만든 둥지에 알을 낳고
지저귐도 노랫소리도 들려주지 않는 삶을 살겠는가

집을 지을 때, 내가 했던 방식보다 훨씬 공들여 지을 수도 있을 듯하다. 문, 창문, 지하 저장고, 다락방 등이 인간 본성의 어느 측면에 바탕을 두고 만든 것인지 숙고해 보고, 일시적 필요성보다 좀 더 나은 이유를 찾아낸 후에야 지상에 건물을 올리는 것도 좋지 않겠는가. 사람이 자기 살 집을 짓는 데는 새가 둥지를 지을 때와 마찬가지로 합목적성이 필요하다. 제집을 제 손으로 짓고, 자신과 가족을 한 점 부끄럼 없이 소박하고 정직하게 먹여 살린다면, 새가 부지런히 일하며 상시 노래하듯 인간도 누구랄 것 없이 시적 재능을 꽃피우지 않겠는가.

그러나 아! 안타깝게도 우리는 찌르레기나 뻐꾸기를 더 좋아한다. 남이 만든 둥지에 알을 낳고, 나그네에게 지저귐도 노랫소리도 들려주지 않는 삶을 말이다. 정녕 우리는 집 짓는 즐거움을 영원히 목수에게 양도할 것인가? 나는 지금껏 숱하게 세상을 돌아다녔지만, 인간이 제집을 짓고 있을 때만큼 단순하고 자연스러운 모습을 본 적이 없다.

(69~70쪽)

Le Pont d'Argenteuil, 1874

어느 거룩한 스승이 진실을 밝혀 주면
그제야 자신이 브라흐마(고결한 존재)임을 깨닫는다

눈을 감아 버리거나 졸거나, 암묵적으로 보이는 것에 현혹당하면서, 인간은 쳇바퀴 돌듯 틀에 박힌 일상과 습관을 확립하고 공고히 다진다. 하지만 이러한 삶은 순전히 가공의 토대 위에 세워진 것이다. 놀이가 삶이나 다름없는 아이들은 어른보다 더 명확하게 삶의 진정한 법칙과 관계를 분간해낸다. 어른들은 가치 있는 삶을 사는 데 실패했으면서도 자신이 경험이 많으니, 다시 말해 실패를 통해 쌓아 올린 연륜이 있으니 더 현명하다고 착각한다. 어느 힌두교 경전에서 이런 글귀를 읽었다.

"갓난아기 때 궁궐에서 쫓겨나 나무꾼의 손에 길러진 왕자가 있었다. 훗날 왕의 신하가 그를 발견하고 태생을 알려 주었다. 그는 지금껏 스스로에 대해 잘못 품고 있던 오해를 벗고 자신이 왕자라는 사실을 알았다. 마찬가지로 우리의 영혼도 현재 처해 있는 환경만 보고 자신의 본성을 오해한다. 그러다가 어느 거룩한 스승이 진실을 밝혀 주면, 그제야 자신이 브라흐마(고결한 존재)임을 깨닫는다."

(142~143쪽)

Poplars in the Sun

1891

Poplars, End of Autumn

1891

나이가 들었다고 현명해지는 건 아니다

그저 예전보다 젊지 않을 뿐이다

나이가 많다고 해서 노인이 젊은이보다 더 나은 스승이 되지는 않는다. 아니, 오히려 더 못하다고도 할 수 있는 것이, 나이가 들수록 인간은 얻는 것보다 잃는 것이 더 많다. 혹자는 그래도 현명한 사람이라면 나이를 먹는 과정에서 삶의 절대적 가치라 할 만한 것을 깨닫지 않겠느냐고 생각할지 모르겠다. 하지만 실제로는 노인이 젊은이에게 긴히 전해줄 조언이란 거의 없다. 그들의 경험도 불완전하기 이를 데 없고, 인생마저도 처참한 실패로 끝났기 때문이다. 그들은 실패가 개인적인 사유 때문이었다고 철썩같이 믿지만, 그것은 명색뿐인 경험에서 남은 신념일 것이다. 그들은 그저 예전보다 젊지 않을 뿐이다.

삶이란, 아직은 내가 거의 시도조차 해 보지 않은 하나의 실험이다. 그렇다고 연장자들이 이미 시도해 봤다는 사실만으로 내게 도움이 되지는 않는다.

(17쪽)

바보는 도둑이 훔쳐 가면 그만인
재물을 모으느라 평생을 허비한다

　나는 이웃 젊은이들이 농장, 집, 헛간, 가축, 거기에 농기구까지 물려받은 탓에 불행하게 살아가는 모습을 본다. 얻기는 쉬워도 처치해 버리기는 힘든 유산들이 아닌가. 차라리 너른 초원에서 태어나 늑대의 젖을 먹고 자랐다면 자신이 노동을 통해 일궈가야 할 대지에 관해 더 명확하게 배울 수 있었을 터다. 누가 그들을 땅의 노예로 만들었는가? 왜 인간은 한 줌 먹을거리만으로도 충분히 살아갈 수 있거늘, 굳이 7만여 평이나 되는 땅을 파는가? 뭐하자고 태어나자마자 무덤을 파기 시작하는가? 그들은 앞에 놓인 이 모든 짐을 한평생 밀고 나가야 할 뿐 아니라, 힘닿는 한 훌륭히 살려고 애쓰기까지 해야 한다. 그 무게에 짓눌려서 숨을 헐떡이며 삶의 여정을 어렵사리 이어가는 가엾은 영혼을 지금껏 나는 얼마나 많이 만났던가.

　우리는 좀먹고 녹슬어 못 쓰게 되고 도둑이 들어 훔쳐 가면 그만인 재물을 모으느라 평생을 허비한다. 그것이 바보의 삶임을, 미리 깨닫지는 못하더라도 죽을 때가 가까워 오면 누구나 자연히 알게 된다.

(10〜11쪽 발췌)

On the Bank of Christiania Fjord
1895

진짜 훌륭해지는 것보다, 세상 사람의 눈에
훌륭해 보이는 것에 더 신경을 쓴다

나는 기운 옷을 입었다고 해서 얕잡아 본 일이 없다. 하지만 사람들이 대개는 건전한 양심을 가지는 일보다 유행을 앞서가는 옷, 적어도 깨끗하고 깁지 않은 옷을 입는 일에 더 조바심을 내며 살아간다. 구멍 난 옷을 수선하지 않고 입는다 한들, 드러나는 최악의 부덕이라 해봐야 부주의함 정도에 불과한데 말이다. 나는 때로 지인들에게 묻는다. "무릎이 해져 천을 덧대거나 해진 곳을 박음질한 옷을 입을 수 있습니까?" 대부분 '그런 옷을 입을 정도가 되면 내 앞날은 끝장난 것이나 마찬가지'라고 믿는 듯했다. 기운 바지를 입고 다니느니 차라리 부러진 다리로 절뚝거리며 걸어 다니는 게 훨씬 낫다고 여긴다. 진짜 훌륭해지는 것보다, 세상 사람의 눈에 훌륭해 보이는 것에 더 신경 쓰기 때문이다. 그러다 보니 사람보다 외투나 바지에 대해 더 많이 안다.

(35~36쪽)

타인의 삶을 미주알고주알 적을 것이 아니라
자신의 삶에 관해 소박하고 진실한 글을 써야 한다

우리는 화자가 결국은 일인칭임을 자주 잊는다. 내가 나 자신 만큼이나 잘 아는 다른 사람이 있다면, 굳이 내 이야기를 하겠는 가. 안타깝게도 나는 경험이 얕아서 '나'라는 주제에 얽매일 수 밖에 없다. 게다가 나는, 모름지기 작가란 타인의 삶에 관해서만 미주알고주알 적어 내려갈 것이 아니라, 자기의 삶에 관해서도 소박하고 진실한 글을 써야 한다고 믿는다. 먼 타지에서 제 피붙 이에게 써 보낼 법한 글 말이다. 열심히 살아온 사람이라야 먼 타향에서 그런 글을 적어 보낼 테니 말이다. 독자들은 이 책에서 자신에게 필요한 부분만 취하면 될 터다. 외투가 몸에 맞지 않는 다고 솔기를 잡아 늘이면서까지 억지로 입어서야 쓰겠는가. 옷 도 맞는 사람이 입어야 제구실을 하는 법이다.

(8쪽)

Les Nymphéas
1906

Morning on the Seine near Giverny

1897

사람이 성장하려면
자신이 무지하다는 사실을 기억해야 한다

대부분의 사람이 순전히 무지와 오해 탓에, 부질없는 근심과 쓸데없이 과도한 노동에 시달리며 삶이 주는 달콤한 열매를 맛보지도 못한 채 살아간다. 고된 노동에 투박해진 손가락들은 심하게 떨려서 그런 섬세한 열매를 딸 수가 없는 것이다. 사실 노동에 찌든 사람은 인간의 참다운 고결함을 유지해 나갈 여유가 없다. 남들과 인간다운 관계를 이어갈 여력도 없다. 시장에서 자신의 노동 가치가 현격히 하락할까 두렵기 때문이다. 그는 그저 일만 하는 기계와 다름없다. 사람이 성장하려면 자신이 무지하다는 사실을 기억해야 하는데, 아는 것을 계속 사용해야 하는 처지에 어찌 자신의 무지함을 떠올릴 수 있겠는가?

새 사람보다
새 옷을 더 중시하는 사업을 조심하라

나는 새 사람보다 새 옷을 더 중시하는 사업을 조심하라고 말해 주고 싶다. 사람이 새롭지 않으면 새 옷이 다 무슨 소용인가? 지금 뭔가 새로운 일을 시작하려 한다면, 입던 옷 그대로 걸치고 시작해 보자. 우리에게 필요한 것은 '할 일'이나 '되어야 할 사람'이지, 일을 하는 데 필요한 도구가 아니다. 그러니 아무리 입은 옷이 남루하고 더럽다 해도 새 옷을 구하지 않았으면 좋겠다. 어떤 특별한 방식으로 행동하고 일하고 먼 길을 항해해 나감으로써 스스로 새로운 사람이 된 듯이 느낄 때, 그래서 헌 옷을 입는 것이 마치 낡은 병에 새 포도주를 담아 두는 듯한 느낌이 들 때, 그때 새 옷을 장만해도 늦지 않다.

날짐승의 털갈이 시기처럼 인간도 살아가며 위기의 국면을 맞는다. 이때 허물을 벗고 변신해야 한다. 뱀이 허물을 벗고 유충이 고치를 벗는 건 부지런히 성장해서 몸이 커졌을 때다. 인간에게도 옷이란 결국 일종의 표피이자 몸을 감싼 껍질에 지나지 않는다. 그러니 새 옷으로 겉만 치장해 봐야 다른 나라 국기를 달고 항해하는 선박이나 다를 바 없다.

(38쪽)

Woman Seated under the Willows
1880

Meadow at Giverny
1886

온전히 내 몸으로 하는
노동에만 의지해 살아보기

5년 넘게 나는 온전히 내 몸으로 하는 노동에만 의지해 살아 왔다. 그러면서 1년에 6주만 일해도 생계비 모두를 충당할 수 있 다는 것을 알았다.

한때 학교 운영에 몰두했었는데 그때 지출은 수입에 비례해 늘거나, 오히려 수입을 초과하기 일쑤였다. 교사다운 생각과 신 념을 갖추는 것은 물론이거니와, 교사답게 옷을 차려입고 가르 쳐야 했고, 그러다 보니 시간도 적잖이 빼앗겼다. 인류애 같은 대의를 위해 학생을 가르친 것이 아니라 단지 생계가 목적이었 던 터라, 한마디로 실패한 도전이었다.

사업도 해보았다. 월귤을 따서 팔아 볼까 하고 매우 진지하게 궁리하곤 했다. 그거라면 얼마든지 잘할 수 있을 것 같았고, 자 본도 거의 들지 않고 평소 생활 방식에서 크게 벗어나지 않아도 될 듯했다. 그게 바로 내 어리석은 판단이었다. 나는 여름이면 온 산을 누비며 눈에 띄는 월귤을 따서 대충 팔면 그만이라고 생 각했다.

(103~104쪽 발췌)

농장은 내 것이 아니지만
농장의 경치는 여전히 내 소유였다

농장의 경치는 여전히 내 소유였으니, 나는 매년 수레 없이도 그 풍경에서 거둔 수확을 가져왔다.

"나는 내가 조망하는 모든 것의 군주이니

그러한 내 권리를 반박하는 이는 아무도 없다."

나는 시인이 농장의 가장 값진 부분을 눈으로 즐기고 돌아가는 모습을 자주 보는데, 성마른 농장주는 그가 야생사과를 몇 개 몰래 따 갔다고 여겼다. 농장주는 왜 모를까? 시인은 몇 년 전부터 눈에 보이지 않지만 가장 훌륭한 울타리라 할 수 있는 시의 운율 속에 농장을 집어넣고, 그곳에 가둔 채 젖을 짜고 지방분을 걷어낸 다음 크림을 전부 떠 갔고, 그에게는 오직 탈지유만 남겼다는 사실을 말이다.

(122~123쪽)

Haystacks
1885

새벽에 횃대에 올라앉아 위세도 당당하게
울어대는 수탉처럼 이웃의 잠을 깨우고 싶다

내가 수행했던 실험을 다소 상세히 소개하겠다. 편의상 2년간 수행했던 실험이나 1년으로 압축한다. 나는 실의에 빠진 마음을 담은 송가를 쓰려는 것이 아니라, 새벽에 횃대에 올라앉아 위세도 당당하게 울어대는 수탉처럼 한껏 자랑하려는 것이다. 그렇게 해서 이웃의 잠을 깨우고 싶다.

처음 숲에 자리를 잡고 살기 시작한 날, 다시 말해 낮뿐 아니라 밤에도 거기서 지내기 시작한 날은 1845년 7월 4일이었다. 집은 아직 월동 준비가 덜 갖춰져서 겨우 비나 피할 수 있는 정도였다. 회벽도 바르지 않았고, 굴뚝도 없었다. 벽은 거친 풍파에 낡고 얼룩진 판자로 세웠는데, 판자 사이사이로 넓은 틈이 숭숭 뚫려 있어서 밤이면 찬바람이 들어왔다. 그러나 곧게 자른 하얀 나무 기둥과 새로 대패질한 문과 창문틀 덕분에 집은 깨끗했고, 동화에 나오는 오두막처럼 비현실적으로 보이기도 했다. 특히 아침에 목재가 이슬을 듬뿍 머금은 모습을 볼 때면, 정오쯤 목재에서 향기로운 진액이 흘러내릴 듯한 환상에 사로잡히곤 했다.

(125~126쪽)

우리는 내내 일만 하면서도
중요한 일은 하나도 해내지 못한다
부디 간소하게, 간소하게, 간소하게 살자!

우리는 삶을 사소한 일로 낭비한다. 정직한 사람을 헤아릴 때 열 손가락도 남는다. 행여 손가락이 모자라도 발가락까지 쓰면 충분하거나 남는 것을 하나로 묶어 버리면 된다.

간소하게, 간소하게, 간소하게 살자! 부디 바라건대, 할 일을 백 가지 천 가지로 늘리지 말고, 두세 개로 줄이자. 백만 대신에 여섯까지만 세고, 백 가지 요리는 다섯 가지로 줄이자.

왜 우리는 이처럼 바쁘게 삶을 낭비하며 살아갈까? 마치 배고프기도 전에 굶어 죽기로 작정한 사람들 같다. 제때 뜨는 한 땀의 바느질이 훗날 아홉 땀의 수고를 줄여 준다고 말하면서 정작 우리는 내일 뜰 아홉 바늘을 줄이려고 오늘 천 땀의 바느질을 한다. 내내 일만 하면서도 중요한 일은 하나도 해내지 못한다.

(135~138쪽 발췌)

Grainstacks

1891

London, Houses of Parliament. The Sun Shining through the Fog
1904

안개는 밤사이 열린 비밀회의를 마치고
흩어지는 유령들처럼 은밀히 사라져 갔다

집이 숲에 낮게 파묻혀 있었기에, 1킬로미터쯤 떨어진 곳에서 역시나 숲으로 둘러싸여 있는 맞은편 호숫가가 나의 가장 먼 지평선이었다. 해가 떠오르기 시작하면 호수는 밤새 입고 있던 안개 옷을 벗고, 여기저기서 부드러운 잔물결이나 햇살에 반사된 잔잔한 수면을 서서히 드러냈다. 안개는 밤사이 열린 비밀회의를 마치고 흩어지는 유령들처럼 숲의 모든 방향으로 은밀히 사라져 갔다. 산기슭이라서 그런지 이슬도 유난히 오랫동안 나무에 매달려 있었다.

8월에 가벼운 폭풍우가 오락가락하는 동안에는 호수가 내게 가장 소중한 이웃이었다. 그때는 바람도 호수도 완벽히 고요한데, 하늘만 어둑어둑했다. 오후에도 저녁나절처럼 고요했고, 티티새의 노랫소리만 호숫가 여기저기에서 들려왔다. 이때가 수면이 가장 잔잔할 때다. 또한 호수 위의 맑은 공기층은 구름에 가려 어둑할 뿐만 아니라 얇기도 해서, 햇빛을 받아 한껏 반사된 호수 표면이 그 자체로 훨씬 더 소중한 하늘이 된다.

(128쪽)

광활한 지평선을 마음껏 누리는 존재만이
이 세상에서 가장 행복한 존재다

근처에 물이 있으면 흙이 부력을 받아 지표면이 뜨기 때문에 좋다. 아주 작은 샘이라도 가치 있는 이유는, 그 안을 들여다보면 대륙이 결국 섬임을 깨닫기 때문이다. 이쪽 봉우리에서 호수 건너편의 서드베리 초원을 바라보면, 가운데 끼어 있는 이 작은 호수 때문에 고립되어 둥둥 떠 있는 얇은 빵 조각처럼 보인다. 그러면 나는 내가 살아가는 이 땅이 '마른 땅' 한 조각에 지나지 않음을 새삼 깨닫는다.

집 앞에서 바라보면 너른 초원이 펼쳐져 있었다. 고원 지대를 따라 올라가는 맞은편 호숫가에는 낮은 떡갈나무 관목이 무성했고, 고원 지대는 서부의 대평원과 타타르의 광활한 초원 지대까지 뻗어 나가 정착하지 못하고 방황하는 모든 인간에게 넉넉한 공간이 되어 주었다. 다모다라(힌두교의 신, 크리슈나)는 가축을 먹일 더 크고 새로운 목초지가 필요해지면 이렇게 말했다. "광활한 지평선을 마음껏 누리는 존재만이 이 세상에서 가장 행복한 존재다."

(129~130쪽)

The Esterel Mountains
1888

우리의 독서와 대화와 사고는
소인족의 키만큼이나 수준이 낮다

저쪽으로 돌아가면 1달러짜리 은화를 주울 수 있다고 말해 준
다면, 사람들은 아무리 먼 길이라도 마다 않고 돌아갈 것이다.
그러나 여기, 고대의 가장 현명한 이가 말하고, 그 후 모든 시대
의 현자들이 가치를 단언해 온 황금의 말이 있음에도, 우리는 학
교에서 초급 독본이나 교과서 같은 쉬운 책만 배우고, 졸업한 후
에도 쉬운 요약본이나 여타의 이야기책만 뒤적거린다. 때문에
우리의 독서와 대화와 사고는 소인족이나 난쟁이의 키만큼이나
수준이 낮다.

고백하건대 영원불멸의 지혜를 담은 플라톤의 책《대화편》이
바로 옆 선반에 놓여 있지만, 나는 그 책을 거의 들춰 보지도 않
는다. 우리는 고대의 현인들만큼 훌륭해져야겠지만, 그러려면
그들이 얼마나 훌륭했는지부터 먼저 알아야 하지 않겠는가.

차라리 내게 아침 공기 한 모금을 달라!
그것이 내게는 만병통치약이다

내게 있어 만병통치약이란 돌팔이 의사가 저승의 아케론 강물과 사해의 물을 섞어 만들었다며 병에 담아 가지고 다니는 액체가 아니다. 차라리 내게 희석하지 않은 아침 공기 한 모금을 달라. 그것이 내게는 만병통치약이다. 아, 아침 공기! 인간이 하루의 샘솟는 원천인 새벽 공기를 마시지 않으려 한다면, 그것을 병에 담아 가게에서 팔기라도 해야 하지 않겠는가. 이 세상에서 아침 시간을 구독할 예매권을 잃어버린 사람들을 위해서라도 그리해야 할 터다. 단, 아침 공기는 아무리 서늘한 지하실에 보관하더라도 결코 정오까지 머물지 못하고 그 전에 병마개를 밀어 젖힌 채 새벽의 여신이 남겨 놓은 발자국을 따라가버린다는 사실을 기억해야 한다.

나는 히기에이아(Hygieia. 건강의 여신)의 숭배자가 아니라, 오히려 헤베(Hebe. 청춘의 여신)의 숭배자다. 그녀야말로 지구 위를 걸었던 가장 완벽하고 건강하며 강인한 젊은 여성이었으니, 그녀가 지나는 곳에는 늘 봄이 찾아왔다.

(205~206쪽 발췌)

Les Nymphéas, effet du soir
1897

신이 여행하며 들르고
여신이 옷자락을 끌며 거닐 만한 곳

상상 속에서 내 집은 낮에도 새벽 서광의 느낌을 간직했고, 한 해 전에 방문했던 어떤 산장을 떠올리게 했다. 그 집도 회벽을 바르지 않은 동화 속에 나올 법한 오두막으로, 신이 여행하며 들르고 여신이 옷자락을 끌며 거닐 만한 곳이었다. 내 집 위로는 산등성이를 휩쓸어 가는 바람이 지나며 지상의 음악 중 끊어진 곡조, 즉 천상의 곡조 부분만을 실어 날랐다. 아침이면 바람이 쉼 없이 불었고, 창조의 시도 끊이지 않았다. 하지만 그것을 들을 줄 아는 귀는 세상에 그리 많지 않은 듯하다. 속세를 한 걸음만 벗어나 보면 사방이 올림포스산(그리스 신들이 사는 곳)이라는 사실을 몰라서 그럴 것이다.

나는 신선한 공기를 마시려고 굳이 밖으로 나갈 필요가 없었다. 오두막 안에서는 집 안에 앉아 있다기보다는 문 뒤에 앉아 있는 느낌이었기 때문이다. 비가 내리는 날도 마찬가지였다.

(126~127쪽 발췌)

매일 그대 자신을 완전히 새롭게 하라
날마다 되풀이하고, 영원히 그리하라

매일 아침은 내게 삶을 자연과 마찬가지로 소박하게 꾸려 가라는, 감히 말하자면 '순수하게' 유지해 가라고 권하는 흥겨운 초대장이었다. 나는 그리스인들만큼이나 오로라(새벽의 여신)를 진심으로 숭배했다. 따라서 아침 일찍 일어나 호수에서 목욕을 했다. 그것은 하나의 종교의식이었고, 내가 했던 최고의 행위이기도 했다. "매일 그대 자신을 완전히 새롭게 하라. 날마다 되풀이하고, 영원히 그리하라." 중국 탕(湯)왕의 욕조에 적혀 있었다던 이 글귀를 나는 이해한다.

아침나절은 깨어나는 시간이다. 만약 우리가 내면의 특별한 힘으로 깨어나는 게 아니라 누군가 흔들어 깨워서야 일어난다면, 물결치듯 전해 오는 천상의 음악과 대기를 가득 메운 향기를 동반한 새롭게 얻은 힘과 내면에서 솟는 열망이 아니라 공장의 벨소리에 깬다면, 그런 날은 기대할 게 없다. 그런 날을 하루로 칠 수 있기나 할지 모르겠다. 스스로 깨어나야만 어둠이 그 열매를 맺고, 빛만큼이나 가치 있음을 스스로 증명할 수 있다.

(131~132쪽 발췌)

Autumn at Jeufosse

1884

The Poppy Field near Argenteuil

1873

학생들은 정치경제학만 배우고
대학들은 생활경제학을 가르치지 않는다

두 학생이 있다. 한 학생은 필요한 관련 서적을 모두 찾아 읽으면서 직접 광석을 캐고 녹여 주머니칼을 만들었고, 다른 학생은 대학에서 야금학 강의를 듣고 아버지에게 로저스 상표 주머니칼을 받았다. 둘 중 어느 쪽이 손을 벨 가능성이 크겠는가? 가난한 학생들이 '정치'경제학만 배우고, 대학에서는 철학과 동급이라 할 만한 '생활'경제학은 전혀 진지하게 가르치지 않는다. 결과적으로 가난한 학생은 스미스와 리카도의 경제학 서적을 읽으면서, 자기 아버지를 헤어날 수 없는 빚구덩이 속으로 몰아넣는 격이다.

우리는 '현대에 이루어진 발전'에 환상을 품고 있지만, 인간의 발명품은 예쁘장한 장난감인 경우가 많아 진지한 일에서 우리의 관심을 거두게 만들곤 한다. '개선되지 않은 목적'을 달성하기 위한 '개선된 수단'일 뿐이고, 실상 그 목적이란 것도 기차가 철로만 따라가면 보스턴이나 뉴욕에 도착하듯 개선된 수단 없이도 얼마든지 쉽게 달성할 수 있는 것이다.

(78~79쪽 발췌)

우리는 무언가를 얻는 대가로
그에 해당하는 만큼의 삶을 지불해야 한다

만약 '문명'이 개선된 상태의 인간 삶을 칭하는 것이라면, 문명은 비용(삶)을 더 들이지 않고도 인간에게 더욱 나은 주거 여건을 제공할 수 있어야 한다. 우리는 무언가를 얻는 대가로 지금 당장이든 장기적으로든 그에 해당하는 만큼의 삶을 지불해야 한다. 평균적인 집값을 마련하자면 부양 가족이 없는 노동자라도 족히 10~15년이 걸린다. 노동자가 제집 한 채를 가지려면, 평생의 절반을 바쳐야 한다는 의미다.

나는 '집'이라는 재산을 미래를 대비하는 자금으로 보유해 봐야, 개인의 관점에서 봤을 때 기껏해야 자신의 장례비용을 충당하는 정도의 이득뿐이라고 생각한다. 하지만 인간은 자신의 장례를 직접 치를 필요가 없다. 우리가 문명화된 삶을 제도화해서 개개인의 삶까지 대부분 그 제도에 흡수시킨 이유는, 인류의 삶을 보존하고 완성시켜 모두에게 이득이 되도록 하고자 함이었다. 그러나 현재 그 이익이 얼마나 큰 희생을 치르면서 얻어지고 있느냐는 말이다.

(49쪽 발췌)

Camille Monet at the Window, Argenteuil

1873

　호박을 의자로 쓸 만큼 가난한 사람은 없다. 만약 있다면 그는 게으를 뿐이다. 마을에 가면 내 마음에 드는 의자쯤이야 널려 있다. 집집마다 다락에 잔뜩 처박아 두어서 그저 가서 들고 오면 된다. 가구쯤이야! 고맙게도 나는 가구점의 도움을 빌지 않고도 얼마든지 앉고 설 수 있다!

(98쪽)

Les Nymphéas avec Reflets de Hautes Herbes

1914-1917

쏙독새는 밤새도록 울었고
동트기 바로 직전에 가장 듣기 좋게 울었다

여름철 어느 시기쯤에는 저녁 열차가 지나간 직후인 7시 반만 되면 쏙독새가 문 앞의 나무 그루터기나 대들보에 앉아 반 시간 가량 저녁 기도를 읊어댔다. 저녁마다 해가 지고 채 5분이 지나지 않아 거의 시계처럼 정확히 노래를 시작한다. 가끔은 네다섯 마리가 숲의 각기 다른 자리에서 한꺼번에 울었는데, 우연찮게도 돌림노래를 하듯이 각기 한 소절씩 늦게 울었다. 나는 매우 가까이 앉아 있었기에 종종 거미줄에 걸린 파리가 내는 듯한 독특한 윙윙거림도 들었다. 가끔 숲에 들어갔을 때 쏙독새가 내 몸에 줄로 묶여 있기라도 하듯 1미터도 안 되는 거리에서 뱅뱅 도는 일이 있었다. 아마도 내가 알을 낳은 둥지 근처에 너무 가까이 간 탓인 듯했다. 쏙독새는 밤새도록 일정한 간격으로 울었고, 동트기 바로 직전이나 그 무렵에 다시 그 어느 때보다도 듣기 좋게 울었다.

새로운 일이 끊임없이 일어나고 있는데
우리는 바꿀 수 있는 것이 의복밖에 없다고 생각한다

세상에는 새로운 일이 끊임없이 일어나고 있음에도, 우리는 놀라울 정도로 따분함을 견뎌내며 살아간다. 세상에 기쁨과 슬픔이라는 단어가 있지만, 그것은 콧소리로 부르는 찬송가의 후렴구에만 존재할 뿐, 우리는 평범하고 천박한 것에만 믿음을 둔다. 그러면서 인간이 바꿀 수 있는 것은 의복밖에 없다고 생각한다.

우리 안의 생명은 강물과도 같다. 올해는 그 강물이 지금껏 인간이 보았던 그 어느 수위보다도 더 높아져 고지대의 메마른 땅까지도 흠뻑 적실지 모른다. 그렇게 되면 우리의 사향쥐가 모두 익사해 버릴지도 모르니, 참으로 다사다난한 한 해가 되겠다. 우리가 사는 곳이 늘 메말라 있지는 않았다. 나는 과학이 홍수를 기록하기도 전, 고대의 물살이 휩쓸어 멀리 내륙으로 밀어낸 강둑을 바라본다.

(497~498쪽 발췌)

Camille au métier

1975

Le Vase de Tulipes

1926

신념이 있는 사람은
어디서나 똑같은 신념으로 협력한다

이웃 간에 할 만한 협력이라고는 극히 부분적이고 피상적인 일뿐이다. 진정한 협력은 거의 없고, 있더라도 인간의 귀에는 들리지 않는 화음처럼 없는 것이나 같다. 신념이 있는 사람은 어디서나 똑같은 신념으로 협력하려 하겠지만, 그렇지 않은 사람은 어떤 무리의 사람들과 함께하더라도 세상 사람들처럼 행동할 것이다. 협력이란, 제아무리 고상하게 표현하든 저급하게 표현하든, '함께 생계를 꾸려 간다'는 의미다.

나는 어떤 일을 할 때, 나야말로 그 일에 고용할 만한 적임자라고 서슴없이 말한다. 그 일을 맡길지 말지는 고용주가 알아서 할 일이다. 일반적인 의미에서 '좋은' 일인지는 내 주된 관심사가 아니고, 대개 내 의도와도 관련이 없다.

(107~109쪽 발췌)

The Garden Gate at Vetheuil
1881

화가라면 알겠지만, 가장 흥미로운 집은 가난한 사람이 사는 전혀 꾸밈없고 소박한 통나무집과 오두막이다. 그런 집을 '한 폭의 그림'처럼 보이게 만드는 것은 그 집을 등껍질 삼아 사는 거주민의 삶이지, 집 자체의 독특함이 아니다. 변두리 주민들의 상자 같은 집도, 그들이 소박하고 유쾌한 삶을 살아갈 때, 또한 건축 양식을 통해 어떤 효과를 내려 애쓰지 않을 때, 더욱 우리의 흥미를 끈다.

(72쪽)

붉은 날다람쥐 두 마리가
발로 쿵쿵거리면, 더 큰 소리로 찍찍거렸다

봄이 다가오면서 붉은 날다람쥐 두 마리가 한꺼번에 내 집 마루 밑에 거처를 정했다. 앉아서 글을 읽거나 쓰고 있자면, 바로 발밑에서 생전 들어본 적도 없는 기묘하기 그지없는 소리로 킬킬대며 웃고 찍찍거리고, 또 목구멍으로 뱅글뱅글 춤이라도 추는지 꼴깍이는 소리를 냈다. 내가 발로 쿵쿵거리면, 오히려 더 큰 소리로 찍찍거렸다. 못된 장난에 흠뻑 빠져 두려움도 존경심도 다 내던진 모양인지, 자신들을 멈추게 하려는 인간에게 반항을 했다. 아니, 그렇게는 안 되지, 요 다람쥐야, 다람쥐야. 그래도 녀석들은 내 말을 완전히 묵살했다. 혹은 그 말에 담긴 힘을 알아차리지 못했는지, 애교 넘치는 비난을 퍼부었다.

(462~463쪽)

Le Bateau-atelier
1876

월든 호수의 홍채

  월든 호수는 같은 각도에서 바라봐도 어느 순간에는 파랗다가 다음 순간에는 초록으로 변한다. 하늘과 땅의 중간에 놓여 있어서, 그 둘의 색을 다 닮았는지도 모르겠다. 언덕 꼭대기에서 바라보면 호수는 하늘의 색을 반사해내지만, 가까이 다가가면 밑바닥 모래가 들여다보이는 물가 쪽은 노르스름해지고, 그것이 점차 밝은 초록으로 바뀌면서 호수 중심부로 갈수록 짙은 청록색으로 변한다. 월든 호수의 홍채는 그런 색이다.

  간혹 맑은 날 바람이 불어 수면이 심하게 일렁일 때면 하늘보다 더 짙은 청색을 띠었다. 수면의 물결이 하늘의 빛을 직각으로 반사하기 때문인지, 평소보다 훨씬 많은 빛이 물결의 수많은 면면과 뒤섞이기 때문인지는 알 수 없었다. 이럴 때 호수로 나가 햇살에 반사된 수면을 좌우로 둘러보면, 형용할 수 없이 밝은 푸른색이 눈길을 사로잡았다.

물에 빠진 사람을 구해 주었다면
얼른 구두끈을 다시 묶고 떠나면 된다

자선 행위를 하게 되더라도, 결코 오른손이 하는 일을 왼손이 모르게 하자. 사실 알아야 할 가치도 없는 일 아닌가. 방금 물에 빠진 사람을 구해 주었다면 얼른 구두끈을 다시 묶고 여유롭게 하고 싶은 일을 찾아 떠나면 된다.

(116쪽)

나는 곰곰이 따져 보고 결단을 내린 후, 가장 강하고 정당하게 나를 끌어당기는 쪽으로 중력에 끌리듯 자연스럽게 가고 싶다. 저울대에 매달려 무게가 적게 나가려 애쓰고 싶지도 않다. 어떤 사정을 가정하지 않고, 있는 그대로의 상황을 받아들이고 싶다. 내가 갈 수 있는 유일한 길, 어떠한 권력도 나를 막아설 수 없는 길을 가고 싶다. 토대를 단단히 다지기도 전에 불쑥 아치부터 세우는 일은 내게 아무런 만족도 주지 않는다. 이제 키틀리밴더 놀이(살얼음판 위에서 얼음이 갈라지기 전에 뛰어다니는 아이들 놀이)는 그만두자. 단단한 바닥은 어디에든 있다.

(493쪽)

The Castle of Dolceacqua

1884

　수레란 말 뒤에 매야지 앞에 매 봐야 아름답지도 유용하지도 않다. 집 안을 아름다운 물건으로 장식하려면 우선 벽부터 말끔히 치워야 하듯이, 우리의 삶도 먼저 깨끗이 치우고 난 후에 아름다운 가구를 들여 놓고 아름다운 생활을 해나가야 한다. 그런데 아름다움에 대한 안목은 자연 속에서 최고로 키워진다.

(59쪽)

봄의 첫 참새가 왔다
산기슭은 '봄불'이라도 난 듯 초록으로 불타오른다

봄의 첫 참새가 왔다! 그 어느 해보다 더 푸른 희망으로 한 해가 시작되고 있다! 파랑새, 멧종다리, 개똥지빠귀의 지저귐이 드문드문 눈이 녹은 축축한 들판 너머로, 겨울의 마지막 눈송이가 날리면서 반짝이듯이, 은빛으로 반짝이며 희미하게 들려오는 것이 아닌가! 이런 순간에 역사와 연대기와 전통과, 또 문자로 기록된 모든 계시가 무슨 의미가 있다는 말인가? 개울물도 봄을 향해 기쁨의 노래를 합창한다. 초지를 낮게 비행하는 개구리매는 이제 막 잠에서 깨어나 기어나오는 진흙투성이의 생물을 찾아 돌아다닌다. 녹은 눈이 무너져내리는 소리가 골짜기 여기저기에서 들려오고, 얼음도 호수 속으로 점점 녹아 들어간다. 산기슭은 '봄불'이라도 난 듯 초록으로 불타오른다.

마치 대지가 다시 돌아온 태양을 환영하기 위해 내부의 열기를 내보내기라도 하는 듯했다. 그 불꽃은 황금색이 아니라, 초록색인 것이다.

(463~464쪽)

Road by Saint-Siméon Farm

1864

The Parc Monceau

1878

이미 봄이 왔음에도
우리는 여전히 겨울 속을 헤맨다

한 번의 보슬비만 내려도 그늘에서 자라는 풀까지 더욱 푸르게 물든다. 마찬가지로 우리도 더 나은 생각을 받아들이면 앞으로의 전망을 밝힐 수 있다. 만약 우리가 늘 현재에 살아간다면, 그리하여 풀잎이 자신 위로 떨어지는 작은 이슬방울의 영향력까지도 모두 드러내 보여주듯이, 우리도 눈앞에서 벌어지는 모든 상황의 이점을 이용한다면, 또한 과거에 주어진 기회를 소홀히 한 것을 속죄하느라 하릴없이 시간을 낭비하면서 그것이 마치 의무를 다하는 행위인 양 여기지만 않는다면, 우리도 얼마든지 행복을 누릴 수 있을 터다.

이미 봄이 왔음에도, 우리는 여전히 겨울 속을 헤맨다. 따스한 봄날 아침에는 모든 인간의 죄가 용서받는다. 그런 날은 악덕도 휴전한다. 그런 봄날의 태양이 활활 타오르는 동안에는, 가장 극악한 죄인도 돌아올지 모른다. 나 자신의 순수함을 되찾게 되면, 이웃의 순수함도 알아볼 수 있다.

(468~469쪽)

Les Nymphéas
1917–1919

모네의 숲에서 월든을 읽고 필사하다

초판 1쇄 펴낸 날 2026년 2월 15일

펴 낸 이   장영재
펴 낸 곳   (주)미르북컴퍼니
자 회 사   더모던
전   화   02)3141-4421
팩   스   0505-333-4428
등   록   2012년 3월 16일(제313-2012-81호)
주   소   서울시 마포구 성미산로32길 12, 2층 (우 03983)
E-mail   sanhonjinju@naver.com
카   페   cafe.naver.com/mirbookcompany
인스타그램   www.instagram.com/mirbooks